Das magische Baumhaus junior

Mary Pope Osborne

Verborgen im Dschungel

Bisher erschienen:

Band 1: Abenteuer bei den Dinosauriern
Band 2: Auf der Spur der Ritter
Band 3: Die rätselhafte Mumie
Band 4: Suche nach dem Piratenschatz
Band 5: Das Geheimnis der Ninjas
Band 6: Verborgen im Dschungel
Band 7: Im Reich der Mammuts
Band 8: Die verlassene Mondstation
Band 9: Das Geheimnis der Delfine
Band 10: Ritt durch den Wilden Westen

Mary Pope Osborne

Das magische Baumhaus junior

Verborgen im Dschungel

Aus dem Amerikanischen
übersetzt von Sabine Rahn
Illustriert von Jutta Knipping

Loewe

FSC
www.fsc.org
MIX
Papier aus verantwortungsvollen Quellen
FSC® C110508

ISBN 978-3-7855-8315-9
Überarbeitete Neuausgabe des Titels *Gefahr am Amazonas*
2. Auflage 2017

Aus dem Amerikanischen übersetzt von Sabine Rahn
Illustrationen: Jutta Knipping
Umschlaggestaltung: Vanessa Braun
Printed in Germany

www.dasmagischebaumhaus.de
www.loewe-verlag.de

Inhalt

Wo ist Mimi?

„Beeil dich, Philipp!“, rief Anne.

Sie rannte in den Wald von Pepper Hill.

Philipp lief hinter ihr her zum verzauberten Baumhaus.

„Es ist noch da!“, stellte Anne erfreut fest. „Wir kommen, Mimi!“

Sie kletterte wie ein Äffchen die Strickleiter hinauf.

Philipp folgte ihr.

„Mimi?“, rief Anne.

Philipp setzte seinen Rucksack ab und sah sich um.

Das Sonnenlicht fiel auf einen Stapel Bücher: Bücher über Piraten, Mumien, Ritter, Ninjas und Dinosaurier.

Der Buchstabe M schimmerte auf dem Fußboden. Das M stand für Morgan.

„Ich glaube, Mimi ist nicht hier“, stellte Philipp fest.

„Wo sie wohl steckt?“, wunderte sich Anne.

„Quiek!“

Anne lachte. „Schau doch, Philipp!“

Ein kleiner weißer Strumpf bewegte sich über den Boden. Der Strumpf, den Anne gestern als Bett für Mimi hergerichtet hatte.

Anne griff danach.

„Quiek!“

Eine braun-weiße Maus sah mit großen Knopfaugen von Philipp zu Anne.

„Hallo, Mimi!“, sagte Philipp.

„Wirst du uns heute wieder helfen?“, fragte Anne.

Mimi hatte ihnen schon einmal geholfen, als sie sich verirrt hatten.

„Wir müssen noch die anderen drei Gegenstände für Morgan suchen“, erinnerte Anne ihren Bruder. „Schau mal!“, sie deutete in eine Ecke des Baumhauses. Dort im Schatten lag ein offenes Buch.

Riesige Käfer

„Wahnsinn!“, staunte Philipp und hob das Buch auf. „Wer hat das Buch bloß aufgeschlagen?“

Auf dem Umschlag sah man einen Wald. Die Bäume waren sehr hoch und standen nahe beieinander.

Darüber konnte man folgende Überschrift lesen: Regenwald.

„Oh Mann!“, sagte Philipp.

„Oh nein!“, rief Anne.

„Was ist denn los?“, fragte Philipp.

„Wir haben in der Schule über den Regenwald gesprochen“, sagte Anne. „Dort gibt es riesige Käfer und Spinnen!“

„Ist doch toll!“, rief Philipp. Er wollte sich

im Regenwald wieder Notizen machen. Vielleicht konnte er sogar ein paar unbekannte Käfer entdecken.

„Toll? Igitt!", rief Anne und erschauderte.

„Das verstehe ich nicht", sagte Philipp. „Vor den wirklich unheimlichen Dingen wie Dinosauriern oder Mumien hast du keine Angst, aber vor kleinen Spinnen und Käfern."

„Na und?"

Philipp seufzte. „Hör zu", sagte er. „Wir müssen dorthin, um Morgan zu helfen. Deswegen lag das Buch aufgeschlagen dort."

„Ich weiß“, antwortete Anne stirnrunzelnd.

„Außerdem ist der Regenwald in Gefahr“, sagte Philipp. „Willst du ihn nicht sehen, ehe es zu spät ist?“

Anne holte tief Luft und nickte dann.

Philipp schlug das Buch wieder auf und deutete auf ein Bild, auf dem ein blauer Himmel, grüne Bäume und bunte Blumen zu sehen waren.

„Ich wünschte, wir wären dort!“, sagte er.

Wind kam auf.

„Quiek!“

Anne steckte Mimi schnell in ihre Tasche.

Das Baumhaus begann sich zu drehen.

Philipp machte die Augen fest zu.

Der Wind pfiff jetzt und das Baumhaus drehte sich immer schneller.

Dann war alles wieder ruhig.

Unheimlich ruhig. Bis wilde Laute die Stille zerrissen.

IIIIEEHH!

BZZZ!

ZIRP! ZIRP!

Igitt!

Philipp und Anne öffneten die Augen und gingen zum Fenster.

Die Luft war heiß und schwül.

„Es sieht aus, als ob wir in niedrigen Büschen gelandet wären“, sagte Anne.

Sie standen in einem Meer grüner Blätter. Bunte Schmetterlinge gaukelten von Blüte zu Blüte und Vögel sangen. Genau wie im Buch.

„Komisch“, fand Philipp. „Warum wir wohl nicht in einem Baum gelandet sind wie sonst auch immer?“

„Keine Ahnung“, antwortete Anne. „Komm, lass uns schnell dieses zweite Ding für Morgan finden, ehe wir irgendwelchen Riesenkäfern begegnen!“

„Ich verstehe nicht, weshalb wir in diesen Büschen gelandet sind“, sagte Philipp. „Ich lese das besser nach.“

„Komm schon!“, sagte Anne. „Hier brauchen wir nicht einmal die Leiter.“

Anne streckte ein Bein aus dem Fenster.

„Halt!“, rief Philipp und las:

Der Regenwald wächst in drei Baumstockwerken. Die Baumwipfel mit einer Höhe von 50 – 60 Metern bilden das sogenannte Kronendach des Waldes. Darunter kommt das zweite Stockwerk, das aus niedrigen Bäumen und Sträuchern besteht. Ganz unten befindet sich der Waldboden.

„Wir sind mehr als fünfzig Meter über dem Waldboden! Im Kronendach!“, schrie Philipp.

Anne kletterte rasch zurück ins Baumhaus.

Philipp ließ sich auf Hände und Knie nieder, schob die Blätter am Loch im Boden zur Seite und sah nach unten.

Die Leiter fiel an den Ästen eines riesigen Baumes vorbei nach unten. Weiter konnte Philipp nicht sehen.

Philipp steckte das Regenwald-Buch in seinen Rucksack und begann, die Leiter hinunterzuklettern.

Anne, die immer noch Mimi in der Tasche hatte, folgte ihm.

Als sie zum zweiten Baumstockwerk kamen, sahen sie hinunter. Der Waldboden war noch sehr weit weg.

„Oh Mann!“, flüsterte Philipp.

Dort unten sah es völlig anders aus als oben in den Baumwipfeln.

Es war feucht und sehr still.

Philipp überlief ein Schauer. Das war der unheimlichste Ort, den er je gesehen hatte.

Millionen und Abermillionen!

Philipp starrte regungslos auf den Waldboden.

„Was ist los?“, fragte Anne. „Du siehst dort doch nicht etwa irgendwelche Riesenspinnen, oder?“

„Äh, nein.“ Philipp holte tief Luft. „Wir müssen weiter“, dachte er. „Wir müssen dieses zweite Ding für Morgan finden.“

Sie kletterten durch das zweite Baumstockwerk und erreichten schließlich den Waldboden. Nur wenige Lichtstrahlen drangen durch den düsteren Schatten.

Die Bäume waren sehr, sehr hoch und dick. Überall wuchsen Schlingpflanzen und Moos.

„Ehe wir irgendetwas unternehmen, schaue ich lieber noch mal in dem Buch nach“, sagte Philipp.

Er holte das Buch heraus und fand das Bild von der dunklen Welt unter den Baumwipfeln.

Er las:

Im Regenwald passen sich viele Lebewesen perfekt an ihre Umwelt an. Das nennt man Tarnung.

„Oh Mann!“, sagte Philipp. Er klappte das Buch wieder zu und sah sich um. „Hier gibt es Millionen und Abermillionen von Tieren, aber wir können sie nicht sehen!“

„Wirklich?“, fragte Anne.

Die beiden sahen sich in dem stillen Wald um. Philipp fühlte sich von unsichtbaren Augen beobachtet.

„Komm, wir beeilen uns, dieses besondere Ding zu finden“, flüsterte Anne.

„Aber wie sollen wir wissen, dass wir es gefunden haben?“, fragte Philipp.

„Ich glaube, das werden wir schon merken“, antwortete Anne. Sie ging voran. Philipp folgte ihr. Sie gingen zwischen den riesigen Bäumen hindurch, vorbei an Schlingpflanzen. Da blieb Anne plötzlich stehen. „Was ist das?“

„Was ist was?“

„Hör doch, dieses Geräusch.“

Philipp lauschte. Er hörte ein Rascheln. Es

hörte sich an, als ob jemand durch Blätter lief.

Philipp sah sich um. Er konnte niemanden sehen.

Aber das Rascheln wurde lauter.

Was war das?

Der stille Wald wurde plötzlich lebendig.

Vögel schwangen sich in die Luft. Frösche hüpften über die Blätter. Eidechsen rannten an Baumstämmen empor.

Das Geräusch wurde lauter.

„Vielleicht steht darüber etwas in dem Buch“, meinte Philipp. Er öffnete es und fand ein Bild von vielen verschiedenen Tieren auf der Flucht. Er las:

Wenn Tiere ein lautes Rascheln hören, fliehen sie voller Panik, denn das bedeutet, dass sich ein gefährliches Tier nähert.

„Schnell!", schrie Philipp. „Wir müssen weg!"

Philipp und Anne sahen sich panisch um.

„Renn zum Baumhaus zurück!", schrie Anne.

„In welche Richtung?", fragte Philipp und drehte sich um. Alle Bäume sahen gleich aus. Wo war die Strickleiter?

„Renn einfach!", rief Anne.

Die beiden rannten los. Über den mit Blättern bedeckten Boden, zwischen den dicken Baumstämmen hindurch. Vorbei an Schlingpflanzen und Moos.

Dann sahen sie eine sonnenbeschienene Lichtung vor sich.

Die Kinder rannten auf das Licht zu. Sie zwängten sich durch Büsche und kamen an einem Flussufer heraus.

Sie starrten in das langsam fließende braune Wasser.

„Schau!“, rief Anne. Sie deutete auf einen großen Baumstamm, der am Flussufer trieb. Der Stamm war ausgehöhlt.

„Sieht aus wie ein Kanu“, meinte Philipp. Er lauschte auf das Rascheln. „Los, wir steigen ein!“

Sie kletterten vorsichtig in den ausgehöhlten Stamm.

Anne beugte sich heraus und stieß sich mit den Händen vom Ufer ab.

„Halt!“, rief Philipp plötzlich. „Wir haben doch gar keine Paddel!“

„Auweia!“, sagte Anne.

Das Kanu trieb langsam auf dem schlammigen Fluss dahin.

Hübsche Fische

„Quiek!“

Anne streichelte die kleine Maus in ihrer Tasche. „Schon gut, Mimi. Hier auf dem Fluss sind wir sicher.“

„Vielleicht“, schränkte Philipp ein. „Aber wer weiß, wo das Kanu hintreibt.“

Die beiden Geschwister starrten auf den Fluss. Zweige reichten bis auf das Wasser. Schlingpflanzen und Flechten hingen von ihnen herunter.

„Ich lese lieber mal nach“, sagte Philipp. Er blätterte in dem Regenwald-Buch. Als er ein Bild von einem Fluss fand, las er:

Der Amazonas fließt auf einer Länge von 6.500 Kilometern von den Bergen Perus durch Brasilien bis zum Atlantik. In seiner Flussebene wachsen über die Hälfte aller Regenwälder weltweit.

Philipp sah Anne an. „Wir sind auf dem Amazonas“, sagte er. „Der ist 6.500 Kilometer lang.“

„Wahnsinn!“, flüsterte Anne und ließ ihre Hand durch das Wasser gleiten.

„Ich muss mir ein paar Notizen machen“, sagte Philipp.

Er zog sein Notizbuch aus dem Rucksack und schrieb:

Der Regenwald am Amazonas ist

„Philipp, schau doch mal, diese hübschen Fische mit den Zähnen.“

„Was?“ Philipp hob den Kopf.

Anne deutete auf ein paar blaue Fische, die in der Nähe ihres Kanus schwammen. Sie hatten rote Bäuche und scharfe Zähne.

„Vorsicht!“, schrie Philipp. „Das sind Piranhas! Die beißen!“

„Auweia!“, flüsterte Anne.

„Wir gehen lieber wieder an Land“, sagte Philipp und steckte die Bücher zurück in seinen Rucksack.

„Aber wie?“, fragte Anne.

Philipp starrte über den Fluss. Ein Stück vor ihnen hingen Schlingpflanzen über dem Wasser.

„Ich werde mir eine dieser Lianen schnappen“, verkündete Philipp. „Und dann ziehe ich uns ans Ufer.“

„Gute Idee!“, fand Anne.

Als sie unter den Zweigen dahinglitten, stand Philipp auf.

Er beugte sich raus und verfehlte die erste Liane. Er griff nach der nächsten und fasste zu.

Die Schlingpflanze war kühl und schuppig. Sie bewegte sich und zuckte!

„Ahh!“, schrie Philipp und fiel zurück ins Kanu.

Die Liane war lebendig.

Es war eine lange grüne Schlange.

Die Schlange fiel vom Baum ins Wasser und schwamm davon.

„Oh Mann!“, seufzte Philipp.

Anne und er starrten einander entsetzt an.

„Und jetzt?“, fragte Anne.

„Tja ...“ Philipp blickte nachdenklich in den Fluss. Hier waren keine Zweige mehr über ihnen. Dafür schwamm ein dicker Ast im Wasser.

„Greif dir den Ast, der da schwimmt“, schlug Philipp vor, „vielleicht können wir den als Paddel benutzen.“

Das Kanu trieb näher an den Ast heran. Anne griff danach.

Doch plötzlich bewegte sich der Ast. Es war ein Krokodil!

„Hilfe!“, schrie Anne und ließ sich zurück ins Kanu fallen.

Das Krokodil klappte sein riesiges Maul auf und zu. Dann schwamm es am Kanu vorbei flussaufwärts.

„Oh Mann!“, flüsterte Philipp.

Plötzlich hörten sie ein lautes Kreischen.

„Hilfe!“, rief Philipp. Aber er sah nur einen kleinen braunen Affen, der an seinem Schwanz von einem Ast baumelte.

Affenärger

„Quiek! Quiek!“

Mimi streckte ihren Kopf aus Annes Tasche und schien dem Affen etwas zuzurufen.

„Keine Bange, Mimi!“, sagte Anne. „Das ist nur ein kleiner Affe.“

Aber plötzlich pflückte der Affe eine der großen roten Früchte, die auf seinem Baum wuchsen, und schleuderte sie in Richtung Kanu.

„Hey, bewirf uns nicht!“, rief Anne.

Aber der Affe schleuderte eine weitere Frucht direkt auf sie zu.

Philipp und Anne duckten sich.

„Hör auf!“, schrie Anne.

Doch der Affe wedelte nur mit seinen Armen und kreischte wieder.

„Oh Mann!“, sagte Philipp.

Der Affe pflückte eine dritte Frucht und schleuderte sie mit Schwung auf Philipp und Anne. Diesmal landete sie mit einem dumpfen Geräusch im Kanu.

Anne hob die Frucht auf und warf sie zurück auf den Affen. Sie traf nicht, aber das Kanu wackelte, und fast wäre sie hinausgefallen.

Der Affe kreischte noch lauter.

„Geh weg!", schrie Anne. „Du bist das gemeinste Tier auf der ganzen Welt!"

Der Affe hörte auf zu kreischen. Er blickte Anne an und schwang sich dann von Ast zu Ast in den Wald.

„Ich glaube, ich habe ihn beleidigt“, sagte Anne.

„Was soll’s“, erwiderte Philipp. „Er hätte uns ja nicht bewerfen müssen!“

„Oje!“, sagte Anne. „Es regnet.“

„Oh nein!“, rief Philipp.

Ein Windstoß wehte über das Kanu und es ertönte ein lautes Donnern.

„Es ist nicht gut, bei Gewitter auf dem Fluss zu bleiben“, erklärte Philipp. „Wir müssen zurück ans Ufer. Sofort.“

„Aber wie?“, fragte Anne. „Wir können weder hindurchwaten noch schwimmen, sonst erwischen uns die Piranhas, die Schlange oder das Krokodil.“

Wieder zerriss ein durchdringender Schrei die Luft.

„Oh nein!“, sagte Philipp. Der ungezogene Affe war wieder da!

Diesmal deutete der Affe mit einem langen Stock auf sie.

Philipp duckte sich.

Ob der Affe den Stock auf sie schleudern wollte?

Anne stand auf und starrte den Affen an.

„Pass auf!“, schrie Philipp. „Der ist verrückt!“

Aber der Affe starrte einfach nur zu Anne zurück. Nach einem langen Augenblick schien er zu lächeln.

Anne lächelte zurück.

„Was geht hier vor?“, fragte Philipp.

„Er will uns helfen“, verkündete Anne.

„Uns helfen? Wie denn?“

Der Affe streckte den langen Stock aus.

Anne ergriff das andere Ende und das Kanu bewegte sich auf ihn zu.

Der Affe zog das Kanu bis ans Ufer.

Keine Bewegung!

Philipp und Anne sprangen aus dem Kanu. Es regnete nun stärker.

Der Affe machte sich davon. Er schwang sich von Baum zu Baum am Ufer entlang. Er kreischte wieder und machte Philipp und Anne Zeichen.

„Er will, dass wir ihm folgen!“, sagte Anne.

„Nein. Wir müssen dieses besondere Ding finden und dann wieder zurück nach Hause“, widersprach Philipp.

„Er will uns doch helfen", sagte Anne. Sie lief dem Affen hinterher.

Die beiden verschwanden im Regenwald.

„Anne!", rief Philipp.

Donner grollte am Himmel.

Philip rannte hinter Anne und dem Affen her in den dunklen Wald. Dort war es überraschend trocken. Es regnete immer noch, aber die Baumwipfel wirkten wie ein riesiger Regenschirm.

„Philipp! Philipp!“, rief Anne. „Wo bist du?“

„Hier!“

Philipp eilte in die Richtung, aus der Annes Stimme kam. Bald sah er den Affen, der sich kreischend an einem Urwaldbaum hin und her schwang.

Anne kniete auf dem Waldboden. Sie spielte mit einem Tier, das aussah wie ein riesiges, flauschiges Kätzchen.

„Was ist denn das?“, fragte Philipp.

„Keine Ahnung, aber ich mag es“, sagte Anne. Sie streichelte die Pfoten des Tieres. Es hatte goldfarbenes Fell mit schwarzen Flecken.

„Ich schau lieber mal nach, was das ist“, sagte Philipp. Er holte sein Regenwald-Buch heraus und blätterte es durch.

„Ach, ist das süß!“, rief Anne.

Philipp fand ein Bild von einem Tier mit goldfarbenem Fell mit schwarzen Flecken. Er las:

Der Jaguar ist das größte Raubtier auf der westlichen Erdhalbkugel.

„Von wegen süß!“, sagte Philipp. „Das muss ein Jaguar-Baby sein. Wenn es groß ist, wird es eins der größten Raubtiere …“

„Ein was?“, fragte Anne, die nicht richtig zugehört hatte.

„Grrrr!“

Philipp fuhr herum.

Die Jaguar-Mutter sprang hinter einem Baum hervor.

„Keine Bewegung!“, flüsterte Philipp.

Der Jaguar sah sie an.

„Hilfe!“, flüsterte Anne kläglich.

Plötzlich schwang sich der Affe vom Baum herunter und packte den Jaguar am Schwanz.

Die große Katze brüllte und drehte sich um.

Anne sprang auf und lief los.

Der Affe zog den Jaguar noch einmal am Schwanz. Dann ließ er los und machte sich davon. Die Raubkatze sprang ihm hinterher.

Anne und Philipp rannten durch den Regenwald so schnell sie konnten.

Vampire?

„Warte …“, keuchte Philipp. „Ich glaube, wir haben ihn abgehängt.“

Die beiden Geschwister blieben stehen und schnappten nach Luft.

„Wo sind wir?“, fragte Philipp.

„Wo ist der Affe?“, fragte Anne und sah sich um. „Glaubst du, dass der Jaguar ihn gekriegt hat?“

„Nein, Affen sind schnell“, antwortete Philipp.

„Natürlich sind Jaguare auch sehr schnell“, dachte Philipp. Doch das wollte er Anne lieber nicht sagen.

„Quiek!“

Mimi lugte aus Annes Tasche.

„Mimi! Dich hätte ich fast vergessen!“, sagte Anne. „Geht es dir gut?“

Die Maus starrte Anne mit ihren großen Augen an.

„Sie sieht verängstigt aus“, fand Philipp. „Arme Mimi!“

„Armer Affe!“, erwiderte Anne. Sie blickte sich im Wald um.

„Wir sehen lieber mal nach, wo wir sind“, schlug Philipp vor.

Er holte das Buch heraus und blätterte durch die Seiten, auf der Suche nach einem hilfreichen Hinweis.

Er betrachtete das Bild eines Furcht einflößenden Wesens.

„Oh Mann, was ist denn das?“, fragte er. Philipp las, was unter dem Bild stand:

Vampir-Fledermäuse leben im Regenwald am Amazonas. Nachts beißen sie ihre Opfer und saugen ihr Blut.

„Vampir-Fledermäuse?“, wiederholte Philipp. Er fühlte sich auf einmal ganz schwach.

„Vampir-Fledermäuse?“, fragte auch Anne.

Philipp nickte.

Anne und Philipp sahen sich um. Sie hatten den Eindruck, dass es im Regenwald jetzt schon dunkler wurde.

„Igitt!“, sagte Anne. Sie sah Philipp an. „Wir sollten lieber nach Hause gehen.“

Philipp nickte. Zur Abwechslung waren sie mal einer Meinung.

„Aber was ist mit unserer Aufgabe?“, überlegte Anne.

„Wir kommen einfach morgen wieder“, sagte Philipp. „In welcher Richtung steht unser Baumhaus?“

„Da lang!“, sagte Anne und deutete in eine Richtung.

„Da lang“, behauptete Philipp und deutete in die entgegengesetzte Richtung.

Sie sahen einander an. „Wir haben uns verlaufen!“, erkannten sie beide gleichzeitig.

„Quiek!“

„Keine Sorge, Mimi“, sagte Anne und streichelte die Maus. Doch dann hielt sie inne.

„Quiek. Quiek. Quiek.“

„Philipp, ich glaube, Mimi will uns helfen“, sagte Anne.

„Wie denn?“

Anne zuckte mit den Schultern und setzte die Maus auf den Waldboden. „Führ uns zum Baumhaus, Mimi!“

Die Maus lief los.

„Wo ist sie?“, fragte Anne. „Ich sehe sie nicht mehr.“

„Dort!“, rief Philipp und deutete auf einige raschelnde Blätter am Boden.

Ein weiß-brauner Schatten huschte darüber hinweg.

„Ja, da ist sie!“, rief Anne.

Philipp und Anne folgten dem Rascheln. Der kleine Schatten tauchte auf und verschwand wieder.

Plötzlich blieb Philipp stehen. Auf dem Waldboden bewegte sich nichts mehr. Von Mimi keine Spur.

„Wo ist sie?“, fragte Philipp. Er starrte suchend auf den Boden.

„Philipp!“

Philipp drehte sich um. Anne stand neben einem Baum und deutete nach oben.

Philipp sah hinauf.

Da war das Baumhaus!

„Oh Mann!“, sagte Philipp leise.

„Mimi hat uns gerettet!“, sagte Anne. „Schau, sie läuft ganz allein die Leiter hinauf.“ Anne deutete auf die Strickleiter.

Mimi kletterte an einem der Seile nach oben.

„Komm, wir gehen“, sagte Philipp.

Anne begann zu klettern. Philipp kam als Zweiter. Sie folgten Mimi nach oben ins Kronendach des Regenwaldes.

Das zweite magische Ding

Philipp und Anne kletterten in das Baumhaus.

Mimi saß schon auf einem Bücherstapel.

Anne streichelte Mimis kleinen Kopf. „Danke“, sagte sie leise.

„Ich muss mir noch ein paar Notizen über den Regenwald machen!“, sagte Philipp.

Anne sah sich nach dem Buch über Pennsylvania um, das sie immer wieder nach Hause brachte.

Philipp zog sein Notizbuch heraus. Er hatte sich so viele Notizen machen wollen. Aber alles, was er bislang geschrieben hatte, war:

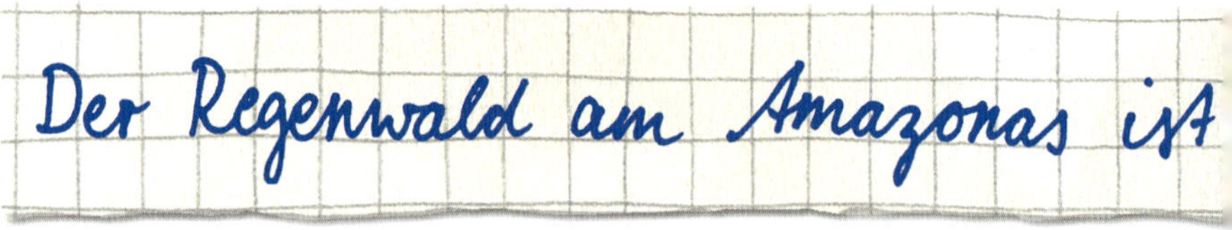

„Es ist nicht da!“, rief Anne.

„Was?“ Philipp blickte auf und sah sich selbst um.

Anne hatte recht. Das Pennsylvania-Buch war nirgends zu entdecken.

„War es da, als wir von zu Hause aufgebrochen sind?“, fragte Philipp.

„Ich kann mich nicht erinnern!“, sagte Anne unglücklich.

„Oh Mann!“, seufzte Philipp. „Jetzt können wir nicht nach Hause nach Pepper Hill.“

Plötzlich kam etwas durch das Fenster hereingeflogen.

„Aaahhh!“, riefen Philipp und Anne erschrocken und duckten sich.

Plumps!

Etwas fiel neben den beiden auf den Boden. Es war eine rötliche Frucht.

Philipp sah auf. Der Affe saß auf dem Fenstersims. Er hatte den Kopf ein wenig zur Seite gelegt und schien zu grinsen.

„Du bist in Sicherheit!“, rief Anne erfreut.

„Danke, dass du uns gerettet hast!", sagte Philipp.

Der Affe grinste einfach.

Anne deutete auf die Frucht. „Weshalb bewirfst du uns eigentlich andauernd mit diesen Früchten?", fragte sie.

Der Affe hob die Frucht auf.

„Nein! Nicht schon wieder werfen!", rief Philipp und duckte sich.

Aber der Affe wollte die Frucht gar nicht werfen. Er hielt sie Anne hin und bewegte die Lippen, als ob er etwas sagen wollte.

Anne sah dem Affen in die Augen. Er bewegte wieder seine Lippen.

„Hey!", flüsterte Anne. „Ich weiß, was er meint."

„Du weißt was?", fragte Philipp.

Anne nahm die Frucht von dem Affen entgegen. „Das ist es", sagte sie. „Das ist das Ding, das wir brauchen."

„Was für ein Ding?“, fragte Philipp.

„Na, eins der besonderen Dinge, die wir für Morgan finden sollen, um sie von ihrer Verzauberung zu erlösen“, erklärte Anne.

„Bist du sicher?“, fragte Philipp.

Aber ehe Anne antworten konnte, sah Philipp das Pennsylvania-Buch auf dem Boden auftauchen. „Schau, da liegt unser Buch!“, rief er.

„Genau!“, sagte Anne. „Wir haben unsere Aufgabe hier erfüllt und jetzt können wir das Buch auch wieder sehen!“

Philipp nickte. „Stimmt!“, sagte er. Der Ninja-Meister hatte ihnen erklärt, dass sie das Pennsylvania-Buch immer erst dann wieder sehen würden, wenn sie das Ding, das sie suchen mussten, gefunden hatten.

Der Affe lachte kreischend. Philipp und Anne sahen zu ihm rüber. Er klatschte.

„Siehst du“, sagte Anne zu Philipp, „er sagt, dass ich recht habe.“ Dann wandte sie sich an den Affen: „Wer hat dir eigentlich gesagt, dass du uns diese Frucht geben sollst?“, fragte sie.

Aber der Affe winkte Philipp und Anne einfach zu, drehte sich um und kletterte aus dem Fenster.

„Warte doch!“, rief Philipp und beugte sich aus dem Fenster.

Zu spät. Der Affe war schon zwischen den Baumwipfeln verschwunden.

„Auf Wiedersehen!“, rief Anne ihm hinterher.

Philipp seufzte. Er nahm sein Notizbuch wieder zur Hand und betrachtete, was er geschrieben hatte.

Der Regenwald am Amazonas ist

Er musste wenigstens diesen Satz beenden, ehe sie zurückreisten! Er schrieb:

einfach erstaunlich!

Dann steckte er sein Notizbuch wieder ein. Anne nahm das Pennsylvania-Buch in die Hand.

„Jetzt müssen wir aber wirklich zurück“, sagte sie.

Sie schlug das Bild vom Wald in Pepper Hill auf und deutete darauf. „Ich wünschte, wir wären dort“, sagte sie.

Der Wind begann zu wehen.

Die Blätter zitterten.

Das Baumhaus fing an, sich zu drehen.

Es drehte sich schneller und immer schneller.

Dann war alles wieder ganz still.

Totenstill.

Die Hälfte ist geschafft!

Philipp öffnete die Augen. „Quiek!" Mimi saß auf dem Fensterbrett .

„Wir sind wieder zu Hause!", sagte Anne froh.

Philipp seufzte erleichtert.

Anne hielt die Frucht gegen die Nachmittagssonne.

„Was ist das eigentlich für eine Frucht?", fragte sie.

„Vielleicht steht das ja auch im Buch", meinte Philipp.

Er zog das Regenwald-Buch hervor und blätterte so lange durch die Seiten, bis er eine Abbildung der geheimnisvollen rötlichen Frucht fand.

„Das ist sie!“, rief er und las vor: „Mangos schmecken so süß wie Pfirsiche.“

„Mangos? Hmm!“, machte Anne und hielt die Frucht an ihre Lippen.

„Hey!“, rief Philipp und nahm ihr die Mango aus der Hand. „Die müssen wir zu dem Mondstein legen.“

„Mango, Mondstein …“, flüsterte Anne und es klang fast wie ein Zauberspruch.

„Jetzt haben wir die Hälfte“, sagte Philipp. „Zwei fehlen noch.“

„Bald können wir dich erlösen, Morgan!“, rief Anne, als ob Morgan in der Nähe wäre.

„Woher willst du wissen, dass sie dich hören kann?“, fragte Philipp.

„Das fühle ich!“, behauptete Anne.

„Oh Mann!“, sagte Philipp. Er wollte einen besseren Beweis.

„Quiek!“

Mimi sah Philipp und Anne an.

„Wir müssen jetzt gehen“, sagte Philipp zu der Maus.

„Quiek!“

„Können wir sie nicht mitnehmen?“, fragte Anne.

„Nein!“, erwiderte Philipp. „Mama würde das nicht erlauben. Sie mag keine Mäuse, das weißt du doch.“

„Wie kann man Mäuse *nicht* mögen!“, sagte Anne.

Philipp lächelte. „Wie kann man *Spinnen* nicht mögen?“, fragte er zurück.

„Das ist etwas ganz anderes!“ Anne streichelte Mimi. „Tschüss“, sagte sie. „Warte hier auf uns. Wir kommen morgen wieder!“

Philipp streichelte die Maus auch. „Tschüss, Mimi. Und danke für deine Hilfe!“, sagte er.

Philipp legte das Regenwald-Buch zurück auf den Bücherstapel. Dann setzte er seinen Rucksack auf und kletterte mit Anne nach unten.

Sie gingen nebeneinander durch den Wald von Pepper Hill. Die Schatten der Blätter tanzten im Licht.

Ein Vogel zwitscherte.

„Dieser Wald ist völlig anders als der Regenwald“, dachte Philipp.

„Hier gibt es keine Jaguare und Krokodile“, sagte er. „Und keine gemeinen Äffchen.“

„Der Affe war eigentlich nie gemein“, überlegte Anne. „Er hat nur versucht, uns eine Mango zu geben.“

„Das stimmt. Eigentlich war ja nichts gemein“, sagte Philipp. „Die Schlange war einfach eine Schlange.“

„Und die Piranhas waren eben Piranhas“, sagte Anne.

„Und der Jaguar wollte nur sein Junges beschützen“, ergänzte Philipp.

Anne schüttelte sich. „Aber ich mag trotzdem keine Käfer!“, sagte sie.

„Du musst sie ja nicht mögen“, fand Philipp. „Du musst sie einfach nur in Frieden lassen, dann ärgern sie dich auch nicht.“

„Das trifft eigentlich auf den gesamten Regenwald zu“,

dachte Philipp. „Man sollte ihn einfach in Ruhe lassen!“

„Wen kümmert es, ob die Käfer schon Namen haben“, sagte er leise. „Hauptsache, sie selbst wissen, wer sie sind.“

Philipp und Anne verließen den Wald von Pepper Hill und bogen in ihre Straße ein, die jetzt in goldenes Licht getaucht war.

„Wer schneller ist!“, rief Anne.

Sie rannten los.

Sie rannten über ihren Hof und die Stufen hinauf.

„Erster!“, riefen sie gleichzeitig und klatschten an die Haustür.

Mary Pope Osborne lernte schon als Kind viele Länder kennen. Mit ihrer Familie lebte sie in Österreich, Oklahoma, Florida und anderswo in Amerika. Nach ihrem Studium zog es sie wieder in die Ferne und sie reiste viele Monate durch Asien. Schließlich begann sie zu schreiben und ist damit außerordentlich erfolgreich.
Bis heute sind schon über fünfzig Bücher von Mary Pope Osborne erschienen. Das magische Baumhaus ist in den USA und in Deutschland eine der beliebtesten Kinderbuchreihen.

Jutta Knipping, geboren 1968, hat erst eine Ausbildung zur Druckvorlagenherstellerin absolviert, bevor sie in Münster Visuelle Kommunikation studierte. Schon während ihres Studiums hat sie erste Bücher illustriert. Mittlerweile ist sie freiberuflich als Grafik-Designerin und Illustratorin tätig. Jutta Knipping lebt mit ihrem Mann und zwei Kindern in der Nähe von Osnabrück und lässt sich von ihren Katern Leo und Micki gern bei der Arbeit zugucken.

Das magische Baumhaus

Band 1
ISBN 978-3-7855-3591-2

Band 2
ISBN 978-3-7855-3592-9

Band 51
ISBN 978-3-7855-8295-4

Band 52
ISBN 978-3-7855-8506-1

Loewe